EZRA JACK KEATS

SÍLBALE A WILLIE

PUFFIN BOOKS

PUFFIN BOOKS
Published by the Penguin Group
Penguin Books USA Inc., 375 Hudson Street, New York, New York 10014, U.S.A.
Penguin Books Ltd, 27 Wrights Lane, London W8 5TZ, England
Penguin Books Australia Ltd, Ringwood, Victoria, Australia
Penguin Books Canada Ltd, 10 Alcorn Avenue, Toronto, Ontario, Canada M4V 3B2
Penguin Books (N.Z.) Ltd, 182–190 Wairau Road, Auckland 10, New Zealand

Penguin Books Ltd, Registered Offices: Harmondsworth, Middlesex, England

Whistle for Willie first published by The Viking Press, 1964
This translation first published in the United States of America by Viking Penguin,
a division of Penguin Books USA Inc., 1992
Published in Puffin Books, 1996

1 3 5 7 9 10 8 6 4 2

Copyright © Ezra Jack Keats, 1964
Translation copyright © Viking Penguin, a division of Penguin Books USA Inc., 1992
All rights reserved
The Library of Congress has cataloged the Viking Penguin edition as follows:
Keats, Ezra Jack [Whistle for Willie. Spanish]
Silba por Willie/by Ezra Jack Keats. p. cm. Translation of: Whistle for Willie.
Summary: Willie longs to be able to whistle for his dogs and make many ingenious attempts.
ISBN 0–670–84395–4
[1. Whistling—Fiction. 2. Afro–Americans—Fiction. 3. Dogs—Fiction.
4. Spanish language materials] I. Title.
PZ73.K354 1992 [E]—dc20 91–28861 CIP AC

Puffin Books ISBN 0–14–055766–0
Printed in U.S.A.

PARA ANN

¡Oh, Peter quería tanto poder silbar!

Vio a un niño jugando con su perro.
Cuando el niño silbaba,
el perro corría hacia él.

Peter trató de silbar una y otra vez,
pero no podía.
Entonces, comenzó a dar vueltas—
y dio vueltas y más vueltas . . .
rápido y más rápido. . . .

Cuando se detuvo,
todo a su alrededor daba vueltas,
hacia abajo . . .
y hacia arriba . . .

y hacia arriba . . .
y hacia abajo . . .
y giraba
y giraba.

Peter vio que su perro, Willie, se acercaba.
Como un relámpago, se escondió en una caja
vacía que estaba en la acera.

"¿No sería gracioso si silbara?", pensó Peter.
"Willie se detendría y miraría a su alrededor
para ver quién es".

Peter trató de silbar nuevamente—
pero todavía no podía.
De manera que Willie siguió caminando.

Peter salió de la caja
y fue a su casa.
En el camino, sacó unas
tizas de colores de su bolsillo
y dibujó una línea larga, larga

hasta la puerta de su casa.

Allí se detuvo y trató de silbar otra vez.

Sopló hasta que sus mejillas se cansaron.

Pero no pasó nada.

Entró a su casa y se puso el viejo sombrero de su papá para sentirse como una persona mayor. Se miró en el espejo para practicar el silbido. ¡Pero todavía no podía silbar!

Al ver que su mamá lo estaba mirando,
Peter fingió que era su papá. Dijo: —Hoy he
regresado a casa temprano, querida. ¿Está Peter aquí?

Su mamá contestó:

—No, está afuera con Willie.

—Bien, voy a salir a buscarlos—, dijo Peter.

Primero caminó a lo largo de una grieta en la acera.
Luego trató de escaparse de su sombra.

Saltó alejándose de su sombra.
Pero cuando cayó,
estaban
juntos
otra
vez.

Llegó a la esquina
donde estaba la caja,
¡y a quién vio sino a Willie!

Peter se escurrió debajo de la caja.

Sopló y sopló y sopló.

Y de repente—¡salió un silbido de verdad!

Willie se detuvo y miró a su alrededor
para ver quién era.

—Soy yo—, gritó Peter, y se levantó.
Willie corrió rápidamente hacia él.

Peter corrió haci
la casa

para mostrar

a su papá y a su mamá lo que había aprendido.

A ellos les encantó el silbido de Peter. Y a Willie también.

La mamá de Peter le pidió que fuera con Willie
a hacer un mandado al mercado.

Peter silbó durante todo el camino al mercado, y
también silbó durante todo el camino de regreso a su casa.